Engenho de Orfeu

Marcos Alexandre Faber

Engenho de Orfeu

Editor:
Marcelo Nocelli

Revisão:
Natália Souza
Ricardo Santos

ilustração da capa
Engenharia de Leonardo da Vinci
Crossbow Machine, c.1481 — Leonardo da Vinci
Localização: Biblioteca Ambrosiana

Design, editoração eletrônica e capa:
Karina Tenório

Dados Internacionais de Catalogação na Publicação (CIP)
Bibliotecária Juliana Farias Motta CRB7/5880

Faber, Marcos Alexandre, 1966-
Engenho de Orfeu / Marcos Alexandre Faber. -- São Paulo:
Reformatório, 2024.
76 p.: 14x21 cm.

ISBN: 978-65-83362-00-1

1. Poesia brasileira. I. Título.

F115e CDD B869.1

Índice para catálogo sistemático:
1. Poesia brasileira

Editora Reformatório
www.reformatorio.com.br

O que se passa na narrativa é apenas a linguagem,
a aventura da linguagem,
cuja vinda não cessa de ser festejada.

Roland Barthes

Sumário

Prefácio

por Arnaldo Saraiva

O título, *Engenho de Orfeu,* que é também o título do último e mais longo poema do livro, nomeia um criador de poesia e de música tão "engenhoso" ou "genial" que se tornou mito; mas não se limita à nomeação, como acontece com os títulos de outras obras artísticas de diversa espécie, pois lhe antepõe a referência a uma propriedade de Orfeu que tanto pode implicar uma inata capacidade criativa (no caso musical e verbal), como pode implicar um dispositivo, um mecanismo, um complexo que permite a criação.

Mas a referência ao "engenho de Orfeu" no livro de um poeta nordestino e com diversas alusões nordestinas, até toponímicas, pode libertar mais duas sugestões: a da presença do grego Orfeu em terras brasileiras, e a comparação do trabalho de produção artística com o da produção de açúcar. É o que parece deduzir-se dos versos do referido poema final em que nos é dito: "Dos poemas vieram quatro pás / dos moinhos de vento dos sertões. / A ferragem, as rodas dos engenhos / para a cana-de-açúcar e o melaço." O duplo sentido de "engenho" também é pedido ou provocado pelos poemas "Diário de Francisco Brennand" e "Ode a Deborah Brennand": "Não te bastava a mata / o engenho e a Várzea"; "com óleos de flores / e plantas maceradas / do engenho de sangue / extrai a palavra". E noutro poema, "Quase nada", também deparamos com um "engenho inacabado".

Já o poema "O mundo começou no Recife", que distingue e define os "deuses" Manuel Bandeira, César Leal, Joaquim Cardoso e João Cabral, dá Carlos Pena como "descendente de Orfeu", e conclui: "Eu existo em cada verso deste mito". Mas o nome de Orfeu também não poderia deixar de lembrar – para mais num livro que, como os anteriores do autor, desde logo o livro *Recife Porto* (2004), contém muitas motivações portuguesas – os grandes poetas da "geração de *Orpheu*", evocada num poema que, em primeira pessoa, fala de um músico que se tornou poeta.

O tema ou os motivos da poesia são dominantes em toda a obra de Marcos Alexandre Faber, incluindo o livro em prosa intitulado *A Leitora de Poesia* (2021). São poucos os poemas de *Engenho de Orfeu* em que não compareça alguma destas palavras: *poeta, poesia, poema, verso*; além disso, ou além das referências a Orfeu, são notórias as referências a Safo, Cesário Verde, Florbela (Espanca), Fernando Pessoa, Almada Negreiros, aos já citados Manuel Bandeira, Joaquim Cardoso, César Leal, Carlos Pena, João Cabral, e ainda a Débora Brennand e a Eduarda Chiote; mas não passará despercebido o poema que alude a uma menina que queria "recitar clássicos", "fundar a Nova Alexandria", ou o poema que refere alguém que (como Whitman) escreve "sobre as folhas sobre a relva", ou o poema que conta que um poeta dá a outro um presente, as *Bucólicas*, de que o mais jovem lê o prelúdio, ou o poema que invoca Erato, musa da poesia romântica e erótica (por sinal celebrada em livro por um dos poetas estudados por Marcos Faber, Marcus Accioly), a quem o poeta pede: "põe na tua boca este verso", "põe os teus pés no meu poema"; e, associadas ou não às palavras acima citadas, tropeçamos com muita frequência noutras que, como a própria palavra *palavr*a, entram sem violência no campo semântico da poesia: *literatura, arte, estética, sentido, bardo, épico, lírico,* *cântico, canto, ode, metáfora, estrofe, tom, som*; mas são também numerosos os poemas que aludem ao ato de *ler* e sobretudo de *escrever*, ou a *livros*, implicáveis noutras palavras como *capítulo, caderno, pergaminho, folha, página, tinta, caligrafia*, e de diversa espécie, como lembra o poema "Quase nada", que fala em romance, novela de cavalaria e em enredo épico, ou como lembra o poema "A Livraria", que refere opúsculos, manuais, memórias, alfarrábios, folhetos, tomos, volumes.

Com tão reiterada inscrição na esfera do literário, do poético ou do verbal, *Engenho de Orfeu* poderia favorecer a ideia de um livro... livresco, onde até a beleza de uns pés pode ser vista com olhos literatos: "Tinhas os pés mais bonitos / de toda a literatura". Mas não é. A cada passo somos desafiados a pensar na relação do livro, da literatura, da poesia com o corpo vivo, com a vida, ou com a natureza. Vejam-se exemplos como estes: "quem manche a página com / tinta a óleo, / com os fluidos do corpo"; "poesia do corpo"; "um livro na carne"; "como se fosses de prata / como se fosses das letras"; "conheço o poema /.../ como a mim mesmo"; "o poema que eu trazia ao colo / como uma criança"; "havia um sol em cada palavra"; "como se fizesse parte dos poemas / como se fizesse parte da matéria".

Por falar em Capibaribe: o poema intitulado "Carta a um jovem poeta recifense" aconselha o destinatário a atirar os seus poemas inéditos ao rio, com cuja lama constituirão "uma só matéria".

Alguns poemas contêm mesmo notações que parecem autobiográficas, como o poema "Literatura infantil": "A palavra te substituiu / o pai / A palavra te deu casa, / comida e criação. / Aos cinco anos copiavas os livros da estante, / aos sete escrevias odes / para o tempo, / aos dez ensinavas aos doutores / a lição." Noutro poema, "Álbum de família", lemos: "Aos quatro anos aprendi / o meu primeiro poema:/ 'meu pai foi morar nas estrelas', / e nunca mais esqueci de viver / sem metáforas."

Há neste poema, que supostamente contém o inesquecido "primeiro poema" do autor, uma ambiguidade que talvez permitisse substituir "sem" por "com"; mas ele é claro a mostrar que a retórica (a poesia) não restitui ou substitui a vida, podendo no entanto valer para quem vive como atenuante e memória pacificada de um trauma, de uma tragédia, de uma perda idêntica à de Orfeu, cujo canto de pouco ou nada lhe valeu.

Seria interessante ver como em *Engenho de Orfeu* se insinuam e cruzam teorias de "poeta", de "poema" e de "poesia", ou ainda teorias do "livro" e da "palavra". Essas teorias poderão apontar para variadas direções e até conter contradições: poetas mentirosos e verdadeiros, maiores e menores, bons e maus...; poemas que são "retina, máquina e metáfora", imaginários, paralelos, onde cabe "quase tudo" e onde não cabe a natureza, a paixão...; poesia "do corpo", que é alívio depois das dores, que "puxa para baixo", "sem maquiagem"...; livros "banhados a ouro", incendiados, obscenos...; palavras de poemas em que "nenhuma cidade é celebrada, / nenhum rei ou divindade, / apenas a palavra", palavras cantadas, que no princípio foram fogo, "criador do mundo", que se fizeram "com o *big bang*"...

Todas essas teorias, como o que antes dissemos, dão conta de um poeta (e músico) obsessionado pelo seu ofício, e que coloca a arte verbal (ou verbo-musical) acima de tudo; não por acaso chega a defender que os poetas são superiores aos deuses – "que não escrevem livros" –, que os livros de poemas são "os únicos que são apenas livros", que "Os poemas são mais fortes / do que as muralhas. / Um só poeta pode fazer / num só dia, / mais do que mil operários. / A palavra é mais eterna / do que a pedra."

Como Montaigne, o autor de *Engenho de Orfeu* pode dizer que o seu ofício, a sua arte, ou o seu ideal, é viver: viver poeticamente.

Os Outros

Há quem escreva sobre
guerras, sobre heróis de
volta à terra.
Há quem escreva sobre
reis, sobre impérios
além dos mares.
Há quem escreva sobre
os céus, sobre descidas
aos infernos.
Há cantos sobre
cidades perdidas,
sobre cidades modernas.
Sobre
a Via Láctea,
sobre as folhas sobre a relva.

Há quem escreva sobre o
amor mais puro, sobre
a mais pura luxúria.
Há quem escreva
de cara limpa,
com ácido e ópio no rosto.
Quem escreva no luxo
dos cafés nos boulevards,
quem escreva nas cavernas.
Quem manche a página com
tinta a óleo,
com os fluidos do corpo.
Há quem escreva sobre
o eu
e sobre muitos outros.

Mitologia

Havia algo, que não sei explicar,
a anunciar-te.
Algo a irromper no tempo
como uma ventania.
Algo a se manifestar no corpo
como um arrepio.

E por isso te preparava a mesa
com oliva e vinhos.
E por isso
forrava a cama
com seda e linho
e deixava, à cabeceira, os livros
banhados a ouro de mitologia.

Eu também sabia que,
como os veleiros,
não tinhas lugar,
que moravas no caminho
e a espera era o meu destino.

Quase nada

Pouco, quase nada,
tenho a oferecer-te.
Um breve romance,
um herói problemático.

Pouco, quase nada
de prático!
Uma novela de cavalaria,
um brasão heráldico.

Pouco, muito pouco
neste deserto...
uma batalha,
um enredo épico.

Pouco, quase nada...
Três mares
de herança paterna,
um engenho inacabado.

Psicanálise

Conheço o poema.
Sei do lado avesso.
Conheço o poema
como a mim mesmo.

Sei dos tons
que formam os sentidos,
dos sons
que encantam o ouvido.

Conheço o poema.
Frequento a sua sala de jantar,
deito-me com as minhas patas
no seu divã.

Conheço das formas
com que se reveste
e dos temas com que domina
o mundo.

Carta ao jovem poeta recifense

Antes de publicar os teus poemas
deita-os ao Capibaribe.
A lama do mangue há de mensurar
a sua densidade.

Antes de levá-los aos jornais e revistas
deita-os ao Capibaribe
até o ponto da tinta
e do papel
como a lama do mangue
consistirem em uma só matéria.

Bienal internacional do livro

A bienal internacional do livro
se esqueceu dos horrores da guerra
das armas incendiárias
da convenção sobre armamento químico.

A bienal internacional do livro
nada mencionou sobre os territórios
em conflito, sobre os gritos das crianças
retiradas à força de suas casas.

A bienal internacional do livro
nada sabe dos números de civis mortos,
dos hospitais e escolas que viraram escombros,
dos estreitos corredores humanitários.

A bienal internacional do livro,
segundo a Human Rights Watch,
não fez um minuto de silêncio
pelas vítimas dos massacres de qualquer lado.

A Bienal recebeu 200 mil visitantes
em seu primeiro dia,
com 150 expositores, 500 editoras
e espera um impacto de R$ 18 milhões em negócios.

Poema desmedido

Quase tudo cabe
no poema.
A natureza,
a ciência dos números...

Quase tudo cabe
no poema,
o vício,
o invisível...

Quase tudo cabe
na calça larga,
na bota 44
do poema,

o imensurável
o infinito.

Quase tudo cabe
na manga frouxa,
na cinta imensa,

o indizível,
o improvável.

Cartografia

Não sei ler as constelações,
os mapas estelares,
as rosas-dos-ventos ou astrolábios.

Não sei interpretar as estações,
tempestades e calmarias,
nem as linhas dos hemisférios.

Apenas decoro o céu.
Passo a vida sem quadrantes
a escrever os astros.

Dádiva

Preciso de uma palavra para dar ao meu amor.
Que ela seja rara como um cometa,
e que eu esteja atento
para mirá-la.

Preciso de uma palavra para dar ao meu amor.
Que ela seja cara como um diamante de 12 quilates,
e que eu esteja pronto
para achá-la.

Preciso de uma palavra para dar ao meu amor.
Que ela seja tudo como a forma da água,
e que eu esteja inteiro
para merecê-la.

Paganismo

Mentias para mim
como se fosses poeta,
e em razão da tua criação
tudo seria lícito,
inclusive nem dares por isto,
e viveres à torre,
enclausurada,
a tomar tóxicos
num ato contínuo de invenção.

Mentias como fazem os mestres
na educação pagã...

Mas tudo era tão belo
e havia tanta glória
em ouvir-te falar,
em ver-te acenar as mãos como
se fosses reger,
não um canto,
mas um épico,
como se fosses forjar
da pedra, corpos para o Louvre.

Achamento

Queria mostrar-te alguns poemas
que encontrei, ao acaso, na praia
junto aos destroços.

Deve ser de um poeta jovem,
pois tem nas mãos
uma poesia sem maquiagem.

Deve ser de um homem belo
cuja feição e talento
podem agravar aos deuses.

Há aqui duas elegias incompletas
e uma série de odes
para serem cantadas.

Em nenhum lugar uma assinatura
nomes de pessoas ou indícios
que possam reconhecê-lo.

Nenhuma cidade é celebrada,
nenhum rei ou divindade,
apenas a palavra.

A Livraria

As estantes estão cheias de livros de tudo.

Opúsculos didáticos,
de como construir embarcações
e navegar à vela.

Manuais de caça,
de como dar laços
e domar feras.

Memoriais do tempo,
vestígios de civilizações de paz
e de guerra.

Alfarrábios de alquimia,
química e magia
de transmutar níquel em ouro.

Obras de cura,
de fechar os cortes
a cuspe, a ferro e fogo.

Folhetos da arte de amar,
de como usar a língua, os dentes,
e dar abraços de serpentes.

Tomos por cima de tomos,
de como organizar os espaços sob os arcos,
com afrescos e mosaicos.

Volumes de economia,
de como ganhar mais com menos
e ficar rico.

E livros de poemas,
os únicos que são apenas
livros.

Poema politicamente incorreto

Derramei
a xícara sobre a mesa
e manchei a folha destinada
ao poema.

A folha casta,
a folha branca,
asséptica.
A folha sem amasso,
sem passado,
sobre a qual iria deixar
as minhas tintas,
as minhas mágoas.

Escrevi então o poema,
sobre as nódoas,
sobre as manchas, as marcas
sobre as máculas...
Sem as regras da boa educação,
sem me desculpar
com os criados.

Livro de cabeceira

A tinta
sobre a tua palidez.
O corpo como suporte
da palavra.
Caligrafia viva
cortando os músculos,
rompendo os vasos...
Poema e arte:
um livro na carne.

Diário de Francisco Brennand

Não te bastavam a mata,
o engenho e a Várzea?
Não te satisfaziam a oficina, a fábrica?

Não te pareceram suficientes
a argila, o forno de queima?
Ainda tinhas que ter a palavra?

Fídias laborava à lamparina,
quando a Grécia dormia.
Mudas eram as ninfetas de Balthus.

Pensas num Recife épico?
Queres erguer na cidadela uma maravilha?
Uma pirâmide, um palácio de falos, um Taj Mahal?

Nossas paredes da sala não são
as do Prado, da Accademia.
A vida está emoldurada pelo tempo e espaço.

Por que um útero que gera titãs?
Lenda celta, inventor de símbolos,
gênio de barbas.

Romance Armorial

O que há no Sertão,
em sua natureza?
Na seca,
em meio ao desafio à vida,
habitam
os animais mais delicados,
as plantas mais graciosas.

O que há no Sertão,
em sua linguagem?
Na lida,
em meio às poucas palavras,
surgem
os repentes mais inspirados,
as fábulas mais grandiosas.

O que há no Sertão,
em seu coração?
Nas fendas,
em meio aos minerais, do subsolo
eclodem
mundos romanescos
de reinos e princesas.

Os deuses não escrevem livros

Os deuses fazem guerras,
movem ventos e mares,
seguram estrelas nos ares,
outros corpos celestes.
Em disfarces,
descem à terra,
sentem amor, ciúmes, invejas,
namoram, inspiram,
mas não escrevem livros.

Literatura infantil

A palavra te substituiu
o pai,
os cavalos de madeira,
te foi amiga como
um cão.

A palavra te deu casa,
comida e criação.

Aos cinco anos copiavas os livros da estante,
aos sete escrevias odes
para o tempo,
aos dez ensinavas aos doutores
a lição.

Pós-romantismo

Cravaste os dentes sobre o meu poema,
sobre o meu único poema.
O poema que eu trazia ao colo
como uma criança.
O poema que eu levava
na ponta das mãos
com zelo e adoração.
O poema que eu deitava
em papel nobre
e envelope estrangeiro.
O poema que eu colhia
como um bouquet
ao surgir do sol.
O poema que eu guardava
como se fosse o primeiro
e tinha tanta esperança.

Idolatria

Prometo-te, nunca desconfiei de nada,
nem sabia que tinhas por mim
qualquer apreço.
Mantinhas a distância que separa
os verdadeiros poetas dos mancebos
e nada denunciava qualquer afeição.
Estou em êxtase,
mas não posso corresponder-te,
porque não és para mim humano.
Estás num plano em que não aceito
tocar-te, beijar-te, lamber-te as mãos.
És para mim arte,
literatura e idealização.
Não te percebo qualquer cheiro,
não te vejo leite ou secreção,
não tiveste início
nem nunca terás fim.

Caravana

Trazias
nas corcovas dos camelos
toda uma literatura.

Um tesouro
da linguagem
em translado.

Papiros
entre os mosaicos
e as mandalas
da tapeçaria.

Cuneiformes
cobertos
por sândalos
e ouro em pó.

Hieróglifos
guardados
em pele de lagartos e lãs.

No céu do deserto,
aves de rapina
a guiar.

Trazias
um oásis
na bagagem.

A Criação da Via-Láctea

Lembro-me dos teus primeiros escritos,
como poderia esquecer-me?
Havia um sol em cada palavra,
e tu nem tinhas a consciência
de que criavas astros
e os punhas em órbita
numa orquestração celestial.

Antiquário

Uma vida inteira a guardar coisas:

O relógio sem horas,
a pena sem tinteiro,
retratos sem família
e o bengaleiro.

O criado-mudo,
postais em branco e preto,
e os mapas das cidades
nunca visitadas.

Jornais do século passado,
autógrafos de poetas menores,
moedas sem império
e partituras de um gênio injustiçado.

O vaso chinês,
a caixa aberta de Pandora,
e uma arca repleta
de poemas imaginários.

Récita

Para Lara

Por que o poeta não envelheceu?
Não ficou com a barba branca,
com os óculos fundo de garrafa?

Por que o poeta não envelheceu?
Não se esqueceu de parte do poema,
não lhe faltou a palavra?

Por que o poeta não envelheceu
na hidroginástica, na sala de pilates,
fazendo dieta, livre da nicotina e do álcool?

Por que não ficou sentado na praça,
olhando o movimento,
jogando o dominó, as cartas?

Por que não esperou pelas bengalas,
pelos dez comprimidos diários,
pela vaga do park, pelo assento prioritário?

Por que o poeta não se aposentou,
não deixou a cidade,
não foi embora para Pasárgada?

Por que o poeta saiu de cena
com as luzes ainda acesas,
com a alma ainda indignada?

O mundo começou no Recife

João Cabral de Melo Neto,
o deus das águas doces
e do canavial.

Manuel Bandeira,
o deus das ruas da Aurora
e da União.

Joaquim Cardozo,
o deus que construiu
as pontes sobre os mangues.

Carlos Pena,
descendente de Orfeu,
musicou a Avenida Guararapes.

César Leal,
herói e cronista-mor,
escreveu a epopeia sobre a Torre Malakoff.

Eu existo em cada verso deste mito.

Mobiliário

Para viver, bastam-me
poucas coisas:
um caderno em branco,
uma mesa no café silêncio
de um porto qualquer:
Durban, Lisboa, Recife...

Um quarto com alguma higiene,
poucos objetos de decoração:
um elefante indiano, um Santo Antônio
e, na cabeceira: O Livro
de Cesário Verde.

No mais, preciso de tudo no mundo:
de todas as amantes,
de todos os calmantes,
de todos os excessos,
de todos os versos
de todas as sílabas poéticas.

Tradutor

Não sei como traduzir-te,
não encontro a medida
dos teus pés,
nem há no meu sertão
as tuas imagens.
Como pôr o sol
dentro do corpo?

Não sei como verter-te,
não atino na gramática
a morfologia, o léxico e a sintaxe
dos teus versos.
Parece que escreves
para os anjos.

Faço então
um poema paralelo,
uma imitação,
um pastiche,
um outro texto
à sombra do teu.

O Duplo

Roubei-te a costela,
à cinzelada,
enquanto dormias.

Roubei-te, com cuidado,
a canção que conhecias
de ouvido.

Roubei-te por imitação
os modos de vestir-se,
as maneiras à mesa....

Por inveja
os projetos, os inventos,
a caligrafia.

Por ciúmes
a concubina que te ardia
em paixão.

Roubei-te, por amar-te,
a poesia que trazias
nas linhas das mãos.

Outras cartas portuguesas

à Eduarda Chiote

Ainda frequento o Grande Hotel do Porto
e hospedo-me no mesmo quarto
com vistas para o seu interior.

Ainda atravesso a rua Santa Catarina
rumo ao Majestic
e escrevo livros obscenos.

Ainda cuido de mim,
faço mãos e cabelos, uso maquilhagem
e tenho casacos sob medida.

Ainda respondo às cartas,
como os poetas de casta,
num português corretíssimo.

Ainda recebo os amigos
para o jantar
e ofereço-lhes a melhor safra.

Mas, sobretudo,
como quando tu aqui estavas,
ainda continuo sendo só.

Joalharia

Um verso
por dia,
por hora.
Um grande poema
é feito da soma
de pequenas partes
que têm vida própria
mas que se unem
no teu corpo
como as menores joias
se juntam à coroa.

Uma palavra
a cada instante,
a cada minuto.
Uma vigilância,
uma obsessão,
um absurdo.
Um trabalho que não descansa
que se mantém
durante o sono
como no teu corpo, em sonho,
se cria o mundo.

As Bucólicas

O poeta vai ao encontro do seu amigo,
leva em sua cesta presentes finos:
As Bucólicas,
um cântaro de vinho,
pão, queijos, muito azeite,
além de essências
do mediterrâneo.

A amizade é uma pedra rara
e os bons poetas precisam de cuidados.

Depois do almoço, na relva,
o mais jovem lê o prelúdio:
"As Bucólicas
são criações delicadas como o arco-íris,
cintilam multicores; mas parecem desvanecer-se
quando as agarramos para as perceber
e para nelas penetrar com o rigor da compreensão".

Boticário

Tomava
do teu veneno
um pouco a cada dia.
E depois dos delírios,
depois das contorções,
depois dos calafrios,
escrevia poesia.

Tomava-o
em liturgia
uma porção ao desjejum.
E depois dos arrepios,
depois das convulsões,
depois das sangrias,
escrevia poesia.

Mousofilia

Vem Erato, sobre o metro a tua uva,
os lábios maiores, os lábios menores e o clitóris.
Vem que eu vim do bosque e cheiro a mato.

Vem Erato, põe na tua boca este verso,
corpo esponjoso, corpo cavernoso e raiz.
A língua no corte.

Vem Erato, que eu vim em meu cavalo.
Grita alto meu nome, toca em mim.
Não se faz rimas com palavras moles.

Vem Erato, com unhas de gato,
põe os teus pés no meu poema
enquanto eu te rasgo o peito.

Vem Erato, vem de quatro
em estrofes compostas
sorve-me a alma.

Vem Erato, que sou o teu melhor amigo
e te esfolo.
Vem Erato, que sou o teu amor
e te empalo.

Anúncio

Ainda não encontrei
com quem dividir o poema.
Não tive a sorte.
Por isso, escrevo à parte.

Mas estou farto
de só ter o anverso na moeda,
de ver a minha cara lavada
dos dois lados.

Dizem que é destino,
que onde o poeta passa
não nasce grama,
que onde chora
não corre rio.
Enfim, que um poeta
não pode ser feliz
como qualquer pessoa.

Porra, eu não aceito,
não quero poetar para mim mesmo.

Procuro por um(a) artista
da língua portuguesa
para um relacionamento sério.

Ode a Deborah Brennand

A rainha poetisa
não prende monstros
nem traz dos espólios
as ruínas para a casa.

Com óleos de flores
e plantas maceradas
do engenho de sangue
extrai a palavra.

Em seu prodígio,
não derrama
uma gota das essências
sobre a mesa de mármore.

Irmã incestuosa
de Florbela e de Safo,
os seus cravos gregos
crescem como mato.

Poema menor

Passas no canto
do livro,
sem qualquer protagonismo.

Vens compor a série,
ecoando
o que já foi dito.

Andas desnudo na página,
sem pelos,
sem jogos de artifícios.

Pareces feito para ser esquecido.

Mas estás presente,
de plena consciência,
a cumprir o teu ofício.

Precipitação

Chove sobre o poema
que tem as rimas alagadas,
as estrofes inundadas
— e há previsão de mais águas.

Chove a cântaros sobre o poema,
cobrindo as casas,
deixando perdidos
cães e gatos.

Pairam nuvens cinzas por sobre o poema,
sobre a lente dos celulares,
sobre os olhos das autoridades
e o descaso com a ciência.

Chove sobre o poema
submergindo os carros,
levando à cidade os barcos
e a dor dos voluntários.

Há formação de tromba d'água
sobre o poema
no nível mais alto,
na cidade baixa.

Correm rajadas de vento sobre o poema
arrastando "areia, sedimentos,
entulhos, matéria orgânica"
às suas artérias.

Chove sobre o poema
junto com as lágrimas,
fazendo da vida
um grande rio.

Espera

Aqui, já nada te lembra!
Parece até que passaram os vândalos,
incendiando livros e estantes.

Eu permaneci, entre as palavras,
à tua espera,
como se fizesse parte dos poemas.

Agora existe uma usina
sobre a aldeia submersa
e só nas secas emergem as torres.

Eu permaneci, entre as ruínas,
à tua espera,
como se fizesse parte da matéria.

Recordo-te menina,
recitando clássicos,
querias fundar a Nova Alexandria.

Eu permaneci, entre as memórias,
à tua espera,
como se fizesse parte da história.

Álbum de Família

Aos quatro anos aprendi
o meu primeiro poema:
“meu pai foi morar nas estrelas”,
e nunca mais esqueci de viver
sem metáforas.

Retrato de Alice

Eras branca,
como se fosses de loiça
como se fosses inglesa
como se fosses da lua.

Eras nua
como se fosses pagã
como se fosses pintura
como se fosses ninfeta.

Eras eterna,
como se fosses rainha
como se fosses de prata
como se fosses das letras.

Gravidade

Ainda me lembro da lâmina
em tuas mãos,
de como ceifavas os versos,
do sangue a correr à terra.

Ainda me lembro de como punhas
os acentos graves nas palavras,
do efeito na forma
dos músculos, das asas.

Sobretudo, ainda me lembro da tua lição
que definiria de uma vez
o ideal de poeta:
na poesia, tudo puxa para baixo.

Terraplanismo

Não adianta fazer de conta que não vemos os nossos mortos.
Não adianta cavar mais fundo as covas,
nem fingir que não ouvimos os sinos.

Não adianta depois higienizar os leitos,
limpar a consciência com álcool.
Não adianta se esconder sob as máscaras.

Não adianta dizer que as instituições funcionam,
que temos todo o direito
a oxigênio e a liberdade.

Não adianta rasgar os poemas,
queimar os cinemas
e fechar os portos.

Não adianta ocultar as provas,
reescrever os livros de história.
Não adianta fazer de conta que não vemos os nossos mortos.

Sobre o Retrato do Poeta

(Fernando Pessoa nas tintas de Almada Negreiros)

A mesa posta:
café, cigarro, tinteiro,
a folha sem passado
e um volume do Orpheu.

Tudo com rigor:
óculos, chapéu,
unhas, mãos
e na cara, a loção.

Nada fora do lugar.
No terno negro,
a gravata borboleta,
o abotoamento e a lapela.

Tudo em linha reta
na imagem do poeta:
a sombra do poema
em óleo sobre tela.

Parafilia

Tinhas os pés mais bonitos
de toda a literatura
e um mistério contido
em cada passo.

Adorava senti-los,
vê-los de saltos,
preparando-se para voar,
deixar a terra
à procura de idiomas extintos.

Às vezes, trocava-os pelas mãos,
e andavas ainda mais perto
da perfeição.

Tinhas os pés mais bonitos
de toda a literatura
e um sortilégio
a cada movimento.

Adorava beijá-los,
vê-los despidos,
pisando nos livros,
manchando as folhas
com os dedos sujos de tinta.

Poema da vida privada

Em casa,
nunca pronunciávamos certas
palavras.
Elas eram trancadas a cadeado.

Em casa,
antes de usadas, as palavras
eram lavadas, enxutas
e dobradas.

A nossa iniciação em tudo,
menos na poesia, foi tardia.

Em casa,
a linguagem era sagrada.

A Geração de Orpheu

Peguei a lira,
calcei as sandálias
e fui ao deserto.
Durante dias vivi de música,
apenas alguns frutos e sementes.
No mais, só música e silêncio.
Depois vieram as palavras,
apenas as que podiam ser cantadas.
Foi assim que me tornei poeta.

Ensaio para Platão e Aristóteles

Nada sei do que não cabe
no poema.

Assim, nada sei da natureza:
dos animais, das flores,
dos sertões.

Nada sei da ciência:
dos astros, das marés,
dos números...

Nada sei da paixão:
do corpo, dos desejos,
dos vícios.

Entre mim e o mundo real
há dois outros mundos:
o dos deuses e o dos homens.

Iniciação à Semiótica

Era tempo de vacas magras,
mesmo assim, havia
mesa larga.
Frutas do quintal
a compor o cenário
com pães e doces frescos.
A lata enorme de manteiga
é do que mais me lembro.
Ela parecia querer dizer
que tudo ia bem,
que não nos faltava nada.
Enorme lata de manteiga
sobre a mesa,
sobre o mundo,
a substituir os poemas
e os brinquedos.

Paraísos artificiais

Perdi o poema,
não o encontro.
Procurei nas gavetas,
nos armários.
Já fui ao Porto,
refiz os meus passos.

Justo o que parecia
ser o meu maior poema.
Tão longo que não sei de memória,
tão leve que foi para o espaço.

Perdi o meu pergaminho,
o meu passaporte
para a eternidade.
Já ofereci recompensas,
pus os cães à caça.

Justo o que parecia
ser o meu melhor poema.
De tão profundo,
não cabia nos bolsos.
De tão sublime,
nem se avistava.

Perdi o meu poema,
e mal me entorpeciam a alma
vinho, haxixe e ópio.

Aula de Retórica

Os poemas são maiores
do que as muralhas.
Os poemas são mais fortes
do que as muralhas.
Um só poeta pode fazer,
num só dia,
mais do que mil operários.
A palavra é mais eterna
do que a pedra.
Os poemas permanecem de pé
depois das guerras
para nos lembrar de que
já existiram muralhas.

Engenho de Orfeu

No princípio a palavra fora o fogo,
único formador de todo o mundo.
Quando não existia qualquer arte,
a palavra era início e fim de tudo.

A palavra se fez com o big bang,
e fez também cometas caudalosos,
tudo o que se desloca sobre o tempo,
e tudo o que também não se apreende.

O andamento das quatros estações
a linha imaginária sobre os mares,
todas as luas vistas do oriente,
e as serpentes que movem os desertos.

Quando a palavra não coube por dentro,
brotando como mina sobre a terra,
o caos organizou-se por pedaços,
os quais nós traduzimos em poemas.

Como retina, máquina e metáfora,
o poema educou pelas imagens.
Entre mundos submersos e elevados,
pôs labirintos, arcos e passagens.

Dos poemas vieram quatro pás
dos moinhos de vento dos sertões.
A ferragem, as rodas dos engenhos
para a cana-de-açúcar e o melaço.

Presentes de poetas para nobres,
os poemas são vestes sobre a pele,
aromas preciosos como néctar,
maravilhas erguidas sobre escombros.

Notas por sobre notas na harmonia,
a música foi posta na palavra,
num trabalho a medida dos heróis,
e sobrenatural como os feitiços.

O poema adentrou pelas narinas
o poema adentrou pelos olhares
pelos ouvidos, pelos mil sentidos
por todos os buracos dos espaços.

Enlouquecido cão é o poema,
em busca da medida apropriada,
visita quarto e sala de jantar
da casa dos estranhos e vizinhos.

Enfurecido rio é o poema,
quando percorre livre o seu caminho,
tira aquilo que pode do lugar,
Capibaribe de setenta e cinco.

Afiados na pedra e no punhal,
os poemas são armas de combate.
São como fortalezas de defesa
protegendo as entradas das cidades.

Verso de vasto império cobiçado,
o poema se viu arrebatado,
tingindo negro a página do livro,
juntado com saliva e costurado.

Encarnando pessoa e poesia,
o poema criou o que podia.
Novo latim fez pacto de irmandade,
em uníssono, ao mesmo tempo em quatro.

Obra de tempo-espaço recriado
muso de encanto lírico e do épico
arte de sete dias de invenção
mais outras sete noites de vigília.

O poema, cinema da palavra,
morada da linguagem unida à alma,
poesia do corpo e manifesto
das formas do futuro, das vanguardas.

Este livro foi composto em Minion Pro
e impresso em papel pólen bold 90g/m²,
em outubro de 2024.